jackals

1

Scénario : Shinya Murata
Dessins : Kim Byung Jin

sommaire

LA VILLE PORTUAIRE DE CICERO CITY ÉTAIT UN IMPORTANT POINT DE CHUTE POUR LES IMMIGRANTS QUI AFFLUAIENT DE TOUTES PARTS...
C'ÉTAIT AUSSI UN UNIVERS DE CHAOS, DE DÉSOLATION ET DE CARNAGE, OÙ DES INDIVIDUS DE TOUTES SORTES ET DE TOUTES ORIGINES SE BATTAIENT FÉROCEMENT POUR UN TOIT OU UN TRAVAIL...
L'ADMINISTRATION ET LA POLICE ÉTANT COMPLÈTEMENT GANGRENÉES PAR LA CORRUPTION...
LES GANGS AVAIENT PRIS LE CONTRÔLE DE LA VILLE.
BAM
DE NOMBREUX CRIMINELS, MEMBRES OU NON DE CES ORGANISATIONS...
QU...
QU...
QU'EST-CE QUE C'EST QUE CETTE ARME ?!
S'ENTRETUAIENT RÉGULIÈREMENT DANS UN DÉCHAÎNEMENT DE VIOLENCE...
C'EST DANS CE CONTEXTE...
GWAH !
SCHPAAAF
QUE SONT APPARUS...

DES CRIMINELS AGISSANT EN FREE-LANCE ET DOTÉS DE TALENTS EXCEPTION-NELS...
Kill-1 : Alligator

LES "JACKALS" ...

FRIEDLICH TOWN
DIS-MOI, LE BLEU...
SAIS-TU POURQUOI IL Y A TANT DE CRIMES...
DANS CE QUARTIER ?
CLAP
ガ
CLAP
ガ
CLAP
ガ
CLAP
ガ
CLAP
ガ
ガ
C'EST PARCE QU'IL EST LA CHASSE GARDÉE D'UN GANG, NON ?
IMBÉCILE ! C'EST TOUT LE CONTRAIRE !

BUREAU N°4 DE "TENNOUREN". 9 HEURES DU MATIN.
C'EST PARCE QU'ICI, ON SE TROUVE EN PLEIN CŒUR DE L'AGGLOMÉRATION...
DANS UNE ZONE QUI N'APPARTIENT NI À "GABRIELLA", NI À "TENNOUREN"...
AUTREMENT DIT, CETTE ZONE EST DEVENUE UN CHAMP DE BATAILLE...
OÙ SE HEURTENT DE PLEIN FOUET LES DEUX ORGANISATIONS !
"FRIEDLICH TOWN", ÉTYMOLOGIQUEMENT "LA VILLE DE LA PAIX"...
N'A DE "PAIX"...
QUE LE NOM...

GH...
EH OH !
NE VOMIS PAS ICI, PETIT !
QU'EST-CE QUI NE VA PAS ?
C'EST LA PREMIÈRE FOIS QUE TU VOIS UNE SCÈNE DE CRIME ?
NON...
J'EN AI DÉJÀ VU À LOS ANGELES...
MAIS...
UNE BOUCHERIE PAREILLE, C'EST LA PREMIÈRE FOIS...
ON DIRAIT...
DES RESTES LAISSÉS PAR DES CROCODILES APRÈS LEUR FESTIN...
MON DIEU...
QU'EST-CE QUE C'EST QUE ÇA ?
C'EST L'ŒUVRE D'UN JACKAL.

UN JACKAL ?!
CE SONT DES PROFESSIONNELS DU CRIME...
DES VOYOUS PRÊTS À TOUT POUR DE L'ARGENT...
LES GANGS PRÉFÈRENT LOUER LES SERVICES DE CES TUEURS POUR ÉTENDRE LEUR TERRITOIRE PLUTÔT QUE DE SE MOUILLER EUX-MÊMES...
MÊME ENDROIT, LA VEILLE À 23 HEURES.
EST-CE QUE TU AS FINI...
NICHOL ?

OUI...
ILS ÉTAIENT TOUS ASIATIQUES.
NORMAL ! CE BUREAU APPARTIENT À LA MAFIA CHINOISE !
À MON AVIS, ISAAC DE GABRIELLA...
NE SUPPORTE PAS L'IDÉE QU'IL Y AIT DES CHINOIS DANS CETTE VILLE...
DANS CE CAS, POURQUOI IL NE S'EN DÉBARRASSE PAS LUI-MÊME ?
PARCE QUE SI DEUX ORGANISATIONS S'AFFRONTAIENT OUVERTEMENT...
LA VILLE SERAIT RÉDUITE EN CENDRES !
TU TE TROMPES !
LES TYPES DE GABRIELLA...
NE SONT PAS FOUTUS DE RÉGLER LEURS COMPTES EUX-MÊMES ?

CE SOIR, JE SUIS VENU...
SOLDER LES COMPTES !
!!
ET QUI ES-TU...
AU JUSTE ?
QUEL BORDEL VOUS AVEZ FOUTU !
VOUS AUTRES, JACKALS, VOUS NE SAVEZ PAS FAIRE DANS LA FINESSE, ET JE NE SUP-PORTE PAS ÇA !
QUI ES-TU ?!

ABRAHAM, "GREEN EYES" !
JE SUIS VENU...
ME DÉBARRASSER DE VOUS !
QUOI ?
"GREEN EYES"... VOYONS...
VISIBLEMENT, TU AS ÉTÉ FILÉ, PAPY !
ATTENDS UN PEU !
SON NOM ME DIT QUELQUE CHOSE !
JE CROIS QU'IL EST MEMBRE DE L'ÉTAT-MAJOR DE GABRIELLA !
ON DIT QUE SES YEUX DEVIENNENT VERTS QUAND IL EST EXCITÉ ...

C'EST VRAI. MES YEUX ME TRAHISSENT TOUJOURS QUAND J'OBTIENS UNE SUPER COMBINAISON AU POKER...
C'EST PLUTÔT EMBÊTANT.
MAIS UNE CHOSE EST SÛRE...
UNE FOIS QUE J'AI CHOISI MA PROIE...
JE NE LA LAISSE JAMAIS S'ÉCHAPPER !
SES YEUX SONT VERTS...
ATTENDS, ATTENDS !
BAM
POURQUOI GABRIELLA NOUS PREND POUR CIBLES ?!
C'EST POURTANT TON PATRON, ISAAC LE TÉNÉBREUX, QUI NOUS A CONFIÉ CE JOB !
SELON L'ANCIEN CODE D'HONNEUR DES SAMOURAÏS JAPONAIS, LOYAUTÉ ET HONNEUR VONT DE PAIR !
FERME-LA...
PAPY !
TU VOIS BIEN QUE LA PARTIE A DÉJÀ COMMENCÉ !

QUOI ?!
ATTENDS, NICHOL !
SCHLAK
JE VAIS LE CALMER EN LUI RACONTANT DES HISTOIRES SUR UESUGI KAGEKATSU ET NAOE KANETSUGU !
LA FERME !
DIS-MOI...
JE PEUX TE DEMANDER QUELQUE CHOSE ?
GWAAASH
COMMENT TU T'Y ES PRIS...
POUR FAIRE UN CARNAGE AUSSI IMMONDE ?

C'EST...
C'EST QUOI...
CETTE ARME ?!
JE L'AI LOUPÉ...
?!
CRAAATCH

ZWAAAAM
FUIIIT
QU...
QUELLE VIVACITÉ !
VRRRT
TAP

BAOUUUM
ET QUELLE PUISSANCE...
DESTRUCTRICE !
CE CARNAGE EST DÛ À LA PUISSANCE DE CETTE ARME !
J'AI COMPRIS...
HMM...

GH...
MAIS...
TOUT ÇA EST BIEN INUTILE...
IL N'EST PAS NÉCESSAIRE D'AVOIR UNE ARME SURPUISSANTE POUR TUER !
TCHACK
L'IMPORTANT POUR UNE ARME, C'EST D'AVOIR UNE PUISSANCE MINIMALE ET D'ÊTRE MANIPULÉE PAR QUELQU'UN D'HABILE !
TON ARME NE TE SERT QU'À BLUFFER TES ADVERSAIRES ET À MASQUER TES FAIBLESSES !
ELLE PROUVE QUE TU N'ES QU'UN AMATEUR !

FAIS GAFFE, NICHOL !
CE TYPE ARRIVE À LANCER SES COUTEAUX EN RESTANT HORS DE PORTÉE DE TON ALLIGATOR !
TU AS AFFAIRE À UN EXPERT DU LANCER DE COUTEAUX !
FERME-LA !
TU NE M'APPRENDS RIEN !
GWAASH
TU NE SAIGNES PAS BEAUCOUP, ON DIRAIT...
J'AI DÛ LOUPER LE CŒUR À 5 MILLI-MÈTRES PRÈS !
MAIS LE PROCHAIN SERA DANS LE MILLE !
JE ME DEMANDE COMBIEN DE COUTEAUX IL ME FAUDRA POUR TE TUER ?
ET LE COUP D'APRÈS AUSSI !
HI HI HI HI HI...
...

TU AS L'AIR DE PRENDRE PLAISIR...
À TUER !
OUAIS, ÇA ME PLAÎT !
ET TOI, ÇA TE PLAIRAIT QUE JE TE TRU-CIDE ?!
MA MÈRE M'A DIT UN JOUR...
QU'IL Y AVAIT DEUX TYPES DE TUEURS...
CEUX POUR QUI TUER EST UN MOYEN D'ARRI-VER À LEURS FINS...
ET CEUX POUR QUI TUER EST UNE FIN EN SOI...
TOI, TU APPARTIENS À CETTE DERNIÈRE CATÉGORIE...
TES MEURTRES NE TE SERVENT MÊME PAS À ACCOMPLIR QUELQUE CHOSE...
TU N'ES RIEN DE PLUS QU'UN CINGLÉ ASSOIFFÉ DE SANG !

AH OUAIS ?
TU TE PRENDS POUR QUI ?
ESPÈCE DE CHIEN ERRANT DE JACKAL !
TU TE PERMETS DE DONNER DES LEÇONS DE PHILO...
À UN TUEUR PROFESSION-NEL COMME MOI ?!
JE N'AIME PAS ÇA DU TOUT !
GWAASH
POOF

SCHPOF
SCHPOF
SCHPOF
!!
ÇA T'APPRENDRA À BAVASSER POUR RIEN !
VLAN
JE ME SUIS LAISSÉ EMPORTER PAR MON ÉLAN...
SCHPOF
J'AI PEUT-ÊTRE GASPILLÉ DES COUTEAUX POUR RIEN !

TON ARME S'APPELLE "ALLIGATOR"...
C'EST BIEN ÇA ?
ELLE A UN NOM EFFRAYANT...
MAIS TOUT COMME SON PROPRIÉTAIRE, ELLE N'EST QU'APPARENCES !
TON ACOLYTE TE REJOINDRA BIENTÔT...
ADIEU, NICHOL !
JE T'ATTENDAIS...
PAAF

BAOUM
GYAAAAAAH!!!
OUAAH!
AAAAAH!
ARRÊTE DE BRAILLER POUR SI PEU...
TU AS JUSTE UN BRAS ARRACHÉ...

L... LE SALAUD...
COMMENT IL A FAIT ÇA ?!
LE COMBAT EST LE QUOTIDIEN D'UN JACKAL...
ZWAP
ALORS CE GENRE D'ÉGRATIGNURE, ÇA NE ME FAIT NI CHAUD NI FROID...
J'AI JUSTE ATTENDU...
QUE TU TE METTES TOI-MÊME À PORTÉE DE MON ARME.
ET EN PLUS, IL S'EST DÉBROUILLÉ POUR QUE JE RATE DE JUSTESSE LES PARTIES VITALES À CHAQUE FOIS !
IL EST EN TRAIN DE ME DIRE QU'IL S'EST PRIS TOUS CES COUTEAUX...
JUSTE POUR M'ATTIRER DANS SON CHAMP D'ACTION ?!
FINALEMENT, VOUS NE JOUEZ PAS DANS LA MÊME CATÉGORIE, ON DIRAIT...

C'EST IMPOSSIBLE...
TUER UN AMATEUR COMME TOI, ÇA NE ME RAPPORTERA PAS UN SEUL RADIS...
ALORS TIRE-TOI !
UN VULGAIRE JACKAL...
SERAIT PLUS PUISSANT QUE MOI ?!
JE NE L'ACCEP-TERAI PAS !!
FUIIIT

ザッ!!
ZWAAM

ドシャアアア
BAOUM
...

POURQUOI GABRIELLA NOUS A ENVOYÉ CE TYPE ?
ILS N'ONT PLUS DE FRIC POUR NOUS PAYER OU QUOI ?!
CE N'EST PAS ÇA.
EN FAISANT CROIRE...
QUE LE RAID CONTRE CE BÂTIMENT EST L'ŒUVRE D'UN JACKAL SOLITAIRE...
GABRIELLA ESPÉRAIT NE PAS ENVENIMER SES RELATIONS...
AVEC TENNOUREN...
ÇA LES AURAIT BIEN ARRANGÉS...
QU'ON SOIT MORTS...
EN TOUT CAS...

J'AI L'IMPRESSION QU'ON VIENT DE SE METTRE GABRIELLA À DOS...
QU'EST-CE QU'ON FAIT, MAINTENANT ?
...
JE N'EN SAIS RIEN !
ON PREND LA POUDRE D'ESCAM-PETTE ?
POUR ALLER OÙ ?
AU JAPON !
ENCORE CETTE LUBIE ? VAS-Y TOUT SEUL, SI TU Y TIENS TANT.

Kill-2
Quartier de Friedlich Town, au cœur de Cicero City ...
Ouah !
Centre de tous les crimes et de toutes les désolations, où différents groupes ethniques survivent dans un chaos indescriptible...
Un univers de non-droit...
Je vais t'arracher les yeux !
Tu crois que je rigole ?
Même si je suis condamné pour agression...
Il me suffira de payer...
Pour sortir de prison !!
Cratch
Cratch
Cratch
L'une des causes de cette calamité...

ÉTAIT LA CORRUPTION QUI RONGEAIT COMPLÈTEMENT LES FORCES DE POLICE...
CRATCH
CRATCH
CRATCH
Kill-2 : Le gardien de la paix 1

MER-
DE...
UN FLIC...
TCHACK
CE N'EST RIEN, MONSIEUR L'AGENT...
C'EST JUSTE QUE CETTE TRAÎNÉE ME DOIT DU FRIC...
VOUS TOMBEZ BIEN...
C'EST MON JOUR DE PAIE, AUJOUR-D'HUI...
TENEZ, RÉGLONS ÇA À L'AMIABLE...
POF...
JE VOIS...
MA FOI, ON DIRAIT BIEN...
QUE TU N'AURAS MÊME PAS À ALLER FAIRE UN TOUR EN PRISON.
QUELLE CHANCE DE TOMBER SUR UN BON POLICIER COMME VOUS...
HÉ HÉ...

BOVAAH
BAOUM
INUTILE DE GASPILLER UNE CELLULE...

POUR UN DÉCHET DE LA SOCIÉTÉ COMME TOI !
C'EST CE QU'ON APPELLE LE "MAINTIEN DE L'ORDRE" !
PLOF
PLOF
PLOF
PLOF
M... MONSIEUR L'AGENT...
VOUS Y ÊTES ALLÉ UN PEU FORT, NON ?
HMM...
DAF
23 HEU-RES...
EN ERRANT DANS LES RUES À UNE HEURE AUSSI TARDIVE...
VOUS PORTEZ ATTEINTE À LA RENOMMÉE ET À LA SÉCURITÉ DE CETTE VILLE...
VOUS AUTRES PROSTI-TUÉES...
VOUS ÊTES AUSSI DES DÉCHETS !
OH...

SCHLACK
BAOUM
MAINTIEN...
DE L'ORDRE !
HÉ HÉ...

TIENS ?
QU'EST-CE QUE C'EST ?
UNE MONTRE À GOUSSET ?
ELLE A L'AIR LUXUEUSE...

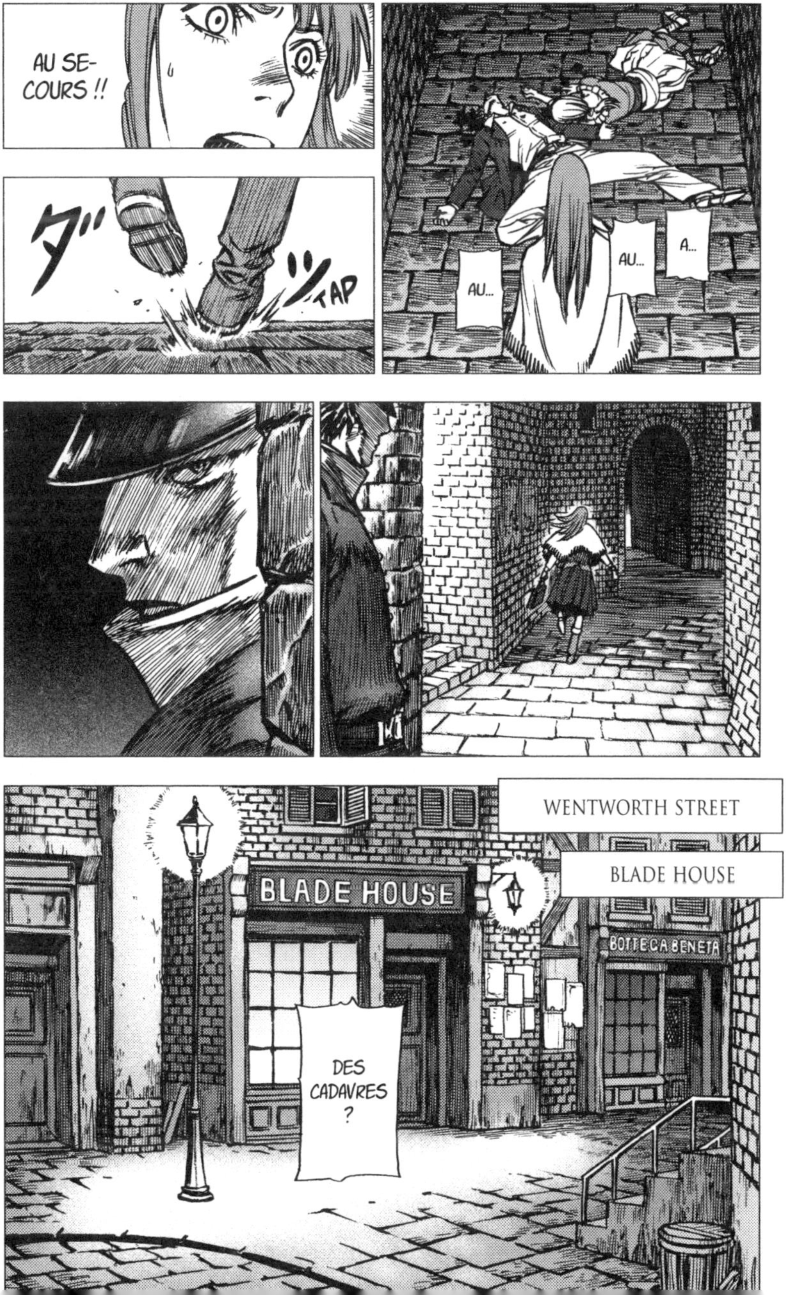

AU SE-
COURS !!
タッ
TAP
A...
AU...
AU...
WENTWORTH STREET
BLADE HOUSE
BLADE HOUSE
BOTTECA BENETA
DES
CADAVRES
?

ET POURQUOI TU VIENS ICI NOUS RACONTER ÇA ?
VA VOIR LES FLICS.
JE SUIS VENUE ICI PARCE QUE C'ÉTAIT TOUT PRÈS !
ET PUIS J'AI TROP PEUR D'ALLER AU COMMISSARIAT TOUTE SEULE !
NICHOL ! APPELLE LES FLICS...
FAIS ÇA POUR TA FUTURE FEMME !
C'EST JUSTE UNE AMIE D'ENFANCE !!
JE VOIS...
AH OUI !
J'ALLAIS OUBLIER ...
ÇA...

JE L'AI RAMASSÉE...
TOUT PRÈS DES CADAVRES !
HMM... C'EST EN OR...
TU L'AS RÉCUPÉRÉE SUR LES CORPS ?
MAIS NON !!
パ CLAC チ
C'EST EN LA RAMASSANT QUE J'AI DÉCOUVERT LES CORPS...
ELLE APPARTENAIT PEUT-ÊTRE AU MEURTRIER...
ALLEZ ! EMMÈNE-MOI AU COMMISSARIAT !
EH !
TU ME RACCOMPAGNERAS CHEZ MOI PAR LA MÊME OCCASION !
POURQUOI MOI ?!
EXCUSEZ-MOI...
ガ BAM チャ
DRIING

!
AH !
EUH...
MONSIEUR L'AGENT, VOUS TOMBEZ BIEN...
J... J'AI TROUVÉ DES CORPS AU COIN DE LA RUE !
JE VIENS DE VOIR ÇA...
ET JUSTEMENT, JE MÈNE L'ENQUÊTE SUR CETTE AFFAIRE...
VOULEZ-VOUS BIEN ME SUIVRE JUSQU'AU COMMISSARIAT ?
J'AURAIS BESOIN DE VOTRE TÉMOIGNAGE...
OUI, BIEN SÛR !

À PLUS TARD...
NA !
ガチャン
BAM
...
BEN DIS DONC...
VOILÀ UN FLIC ÉTONNAMMENT RÉACTIF...
J'AI L'IMPRESSION D'AVOIR DÉJÀ VU...
CETTE MONTRE À GOUSSET ...
AH...
ÇA ME REVIENT !
SHERYL...
C'EST UN BIEN JOLI PRÉNOM !

MERCI !
WILLIAM AUSSI C'EST JOLI !
À PROPOS, SHERYL...
DITES-MOI...
AVEZ-VOUS TROUVÉ QUELQUE CHOSE DE LOUCHE SUR LES LIEUX DU CRIME ?
AH !
MAIS OUI...
VOILÀ !
IL S'AGIT DE...
LA FAMEUSE MONTRE "AIGLE D'OR"...

C'EST UNE RÉCOMPENSE OFFERTE PAR LA VILLE À SES POLICIERS LES PLUS MÉRITANTS...
COMME PREUVE DE LEUR PROBITÉ !
AUTREMENT DIT, CEUX QUI ONT ÉTÉ TUÉS...
PAR LE PROPRIÉ-TAIRE DE CETTE MONTRE...
ÉTAIENT DES DÉCHETS DE LA SOCIÉTÉ...
QUI MÉRITAIENT AMPLEMENT LEUR EXÉCUTION !
C'EST...
C'EST VOUS...

GWAAASH
ARGH...
TSS...
SALE PETITE VOLEUSE ...
POF

MINUIT PILE...
ELLE A TOUJOURS L'AIR DE BIEN FONCTIONNER...
CLAC
Dedicates to Boast WILLIAM GARDNER Police man in City
À L'HONORABLE AGENT WILLIAM GARDNER, SERVITEUR DE LA VILLE
JEHALI
JE VOIS...
TU ES VENU RÉCUPÉRER...
LA PREUVE DE TON FORFAIT !
TOI ?
TU ÉTAIS DANS CETTE BOUTIQUE À L'INSTANT...
ZWIP...

MAIS QUE...
TSS...
IL Y A QUELQUES JOURS...
UN DES BUREAUX DE TENNOUREN A ÉTÉ ATTAQUÉ...
ET ON Y A RETROUVÉ LES MÊMES TRACES DE DESTRUCTION QUE LAISSE TON ARME...
OUAIS...
C'ÉTAIT UN CONTRAT.
HÉ HÉ...
UN JACKAL, HEIN ?
UN DÉCHET DE LA SOCIÉTÉ, PRÊT À TUER POUR DE L'ARGENT...

MOI, WILLIAM, GARDIEN DE LA PAIX...
JE VAIS T'EXÉCUTER AU NOM DE LA LOI.
GWATCH
C'EST AVEC CETTE MATRAQUE...
QUE TU COMPTES TE MESURER À L'ALLIGATOR ?
EVIIIT
BAOUM

CHTONK
HÉ HÉ HÉ...
CRIIIIIIIIITCH
CRIIITCH

GWAH !!
CRIIIITCH
CE MÉCANISME PERMET D'ENVOYER UNE DÉCHARGE ÉLECTRIQUE...
GRÂCE AU FIL CONDUCTEUR ENROULÉ AUTOUR DE MA MATRAQUE...
CRITCH
CRITCH
CRITCH
C'EST UNE ARME ANTI-JACKAL...
QUE J'AI INVENTÉE MOI-MÊME !
ÇA TE FERA OFFICE DE CHAISE ÉLECTRIQUE...
SAVOURE TON SUPPLICE !
CRITCH
CRITCH

ド
BAOUM
オ
ZWIP
TCHACK
MAINTIEN DE L'ORDRE...

MAINTIEN DE L'ORDRE...
Kill-3

ザァ
BIIING
パ
BAM
?!
Kill-3 : Le gardien de la paix 2

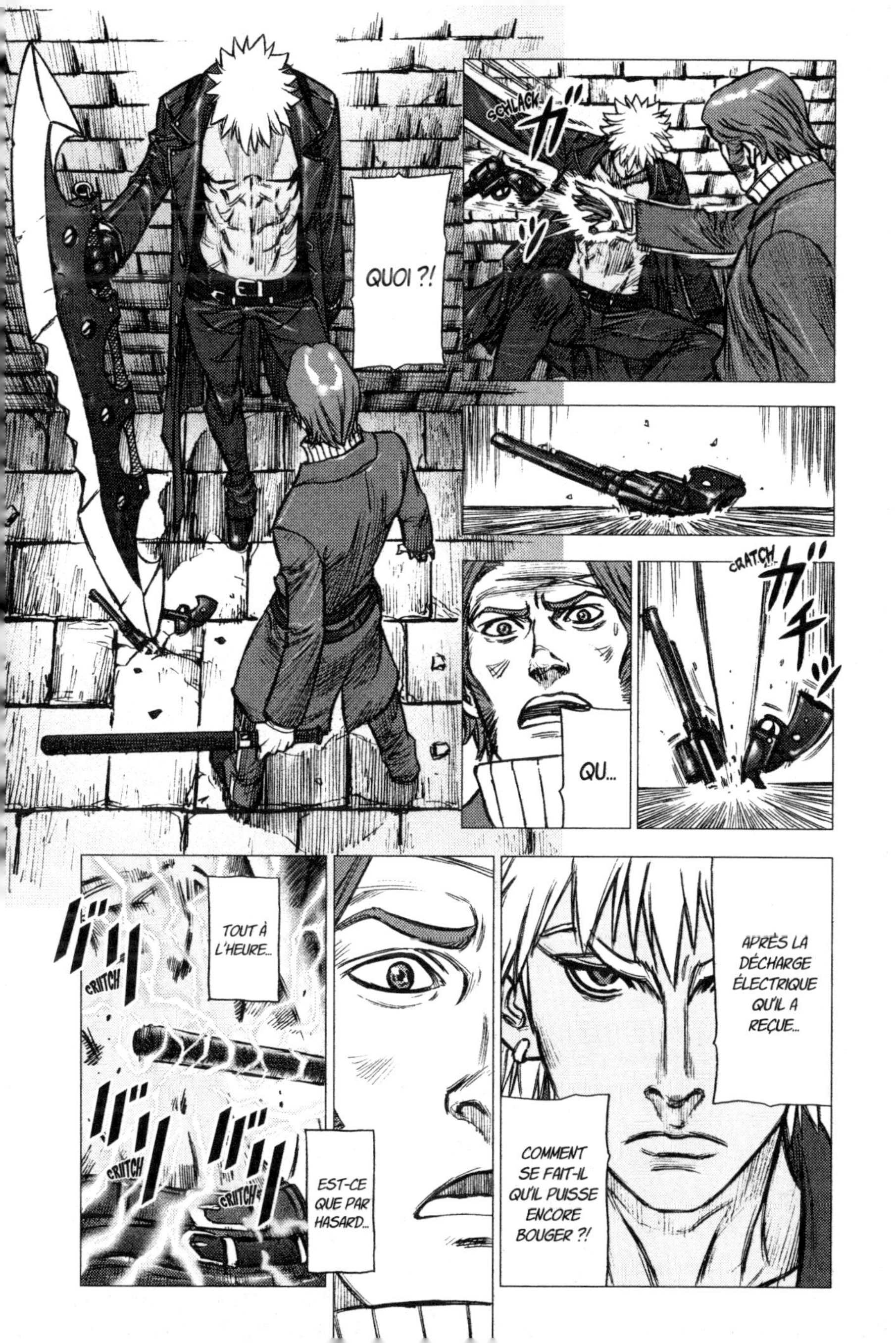
SCHLACK
QUOI ?!
CRATCH
QU...
APRÈS LA DÉCHARGE ÉLECTRIQUE QU'IL A REÇUE...
COMMENT SE FAIT-IL QU'IL PUISSE ENCORE BOUGER ?!
TOUT À L'HEURE...
EST-CE QUE PAR HASARD...
CRIITCH
CRIITCH
CRIITCH

SON ARME LUI A SERVI...
DE PARA-TONNERRE ?!
PARFOIS, L'ALLIGATOR RÉALISE DES EXPLOITS...
LÀ OÙ ON NE L'ATTEND PAS...
MOI NON PLUS, JE NE CONNAIS PAS ENCORE TOUT SON POTENTIEL !
GWASH
TAP
?!
TU CROIS QUE JE VAIS TE LAISSER FUIR ?!

ZWOM
BAOUM
JE T'AI EU !
?!

!!
UNE...
UNE BOUCHE D'INCEN-DIE ?
LE CORPS HUMAIN EST PROTÉGÉ...
PAR LA PROPRIÉTÉ DE LA PEAU À S'OPPOSER AU PASSAGE DU COURANT ÉLECTRIQUE...

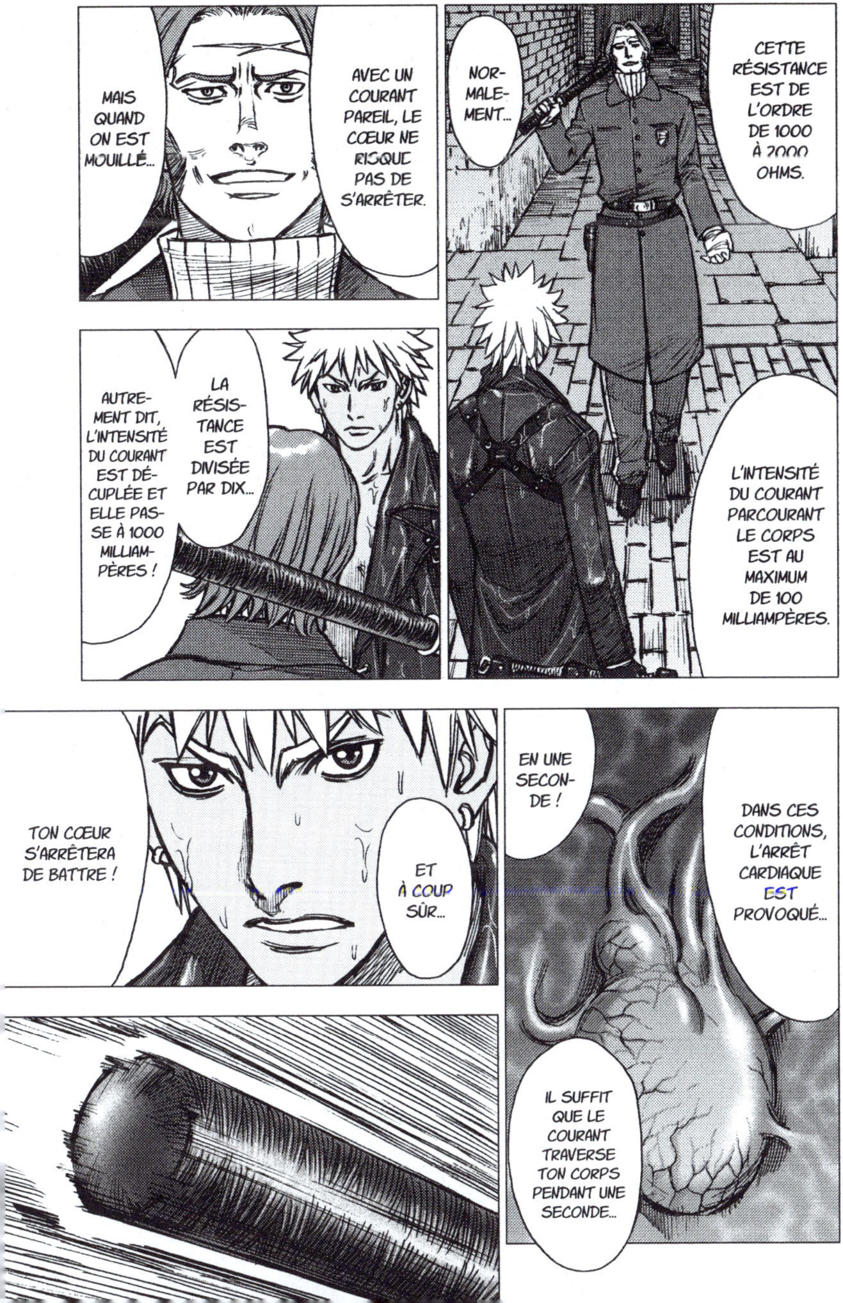
CETTE RÉSISTANCE EST DE L'ORDRE DE 1000 À 2000 OHMS.
NORMALEMENT...
L'INTENSITÉ DU COURANT PARCOURANT LE CORPS EST AU MAXIMUM DE 100 MILLIAMPÈRES.
AVEC UN COURANT PAREIL, LE CŒUR NE RISQUE PAS DE S'ARRÊTER.
MAIS QUAND ON EST MOUILLÉ...
LA RÉSISTANCE EST DIVISÉE PAR DIX...
AUTREMENT DIT, L'INTENSITÉ DU COURANT EST DÉCUPLÉE ET ELLE PASSE À 1000 MILLIAMPÈRES !
DANS CES CONDITIONS, L'ARRÊT CARDIAQUE EST PROVOQUÉ...
EN UNE SECONDE !
IL SUFFIT QUE LE COURANT TRAVERSE TON CORPS PENDANT UNE SECONDE...
ET À COUP SÛR...
TON CŒUR S'ARRÊTERA DE BATTRE !

FUIIIT
CRIIITCH
GH...
OUPS !
ZWOOM
ON DIRAIT QUE TU CRAINS MES COUPS DE MATRAQUE...
TU AS PEUR DE T'APPRO-CHER DE MOI !

CLAP
H... HEIN ?!
GWAAASH
?!

UNE AUTRE MATRAQUE ?
TU LES COLLECTIONNES ?
CELLE-CI EST EN ACIER...
TU NE LA BRISERAS PAS FACILEMENT !
ヒュッ
SCHTONG
!

WOOH !!
BAAAM
GH...
TAP
TAP
TAP
TAP

JE VOIS...
HAN
HAN
HAN
LE CORPS À CORPS NE TE RÉUSSIT PAS TROP...
ALORS TU PRENDS DE LA DISTANCE POUR RÉCUPÉRER...
DOMMAGE...

MAIS CETTE ARME EST LÀ...
POUR CONTRARIER TON PLAN !
チャキッ
TCHACK
J'AI QUATRE BALLES DANS MON CHARGEUR ...
TU CROIS QUE TU ARRIVERAS À LES RENVOYER AVEC TON ENCLUME ?
...
C'EST L'HEURE DU MAINTIEN DE L'ORDRE !
TCHACK
TU COMMETS MEURTRE SUR MEURTRE ET TU APPELLES ÇA...
DU MAIN-TIEN DE L'ORDRE ?

...
TSS...
SAIS-TU POURQUOI...
LES CRIMINELS PULLULENT ICI ?
C'EST PARCE QU'À L'IMAGE DE LA VILLE...
LES FORCES DE POLICE SONT COMPLÈTEMENT POURRIES !
EN ÉCHANGE DE POTS-DE-VIN, LES POLICIERS LAISSENT COURIR LES CRIMINELS...
ET EN PRISON, IL SUFFIT DE PAYER POUR RETROUVER LA LIBERTÉ !
LE POSSESSEUR DE CETTE MONTRE "AIGLE D'OR"...
QUE REVENAIT LA MISSION DE JUGER LES CRIMINELS !
TU COMPRENDS ÇA ?
POUR SUPPLÉER CETTE "JUSTICE" QUI N'EXISTE QU'EN THÉORIE...
J'AI DÉCIDÉ QUE C'ÉTAIT À MOI...
OUAIS...
JE COMPRENDS TOUT À FAIT...

QUE DE TOUS LES POURRIS QUE COMPTE CETTE VILLE...
TU ES CE QU'ON FAIT DE PIRE, UNE ORDURE HORS CATÉGORIE !
TU JUSTIFIES TON ABUS D'AUTORITÉ PAR TON OBSESSION DE L'ORDRE...
MAIS QU'EST-CE QUI TE DIFFÉRENCIE DES AUTRES FLICS CORROMPUS ?
NE ME METS PAS DANS LE MÊME SAC QUE LES AUTRES...
MOI, JE POURFENDS LE MAL !
CE N'EST QUE TA CONCEPTION PERSONNELLE DU MAL, ELLE NE VAUT PAS POUR TOUT LE MONDE...
C'EST VRAI QUE NOUS AUTRES JACKALS...
SOMMES DES PRÉDATEURS PRÊTS À TUER N'IMPORTE QUI POUR DE L'ARGENT...
MAIS PERSONNE PARMI NOUS...
N'A AUTANT TROUBLÉ L'ORDRE PUBLIC QUE TOI !

JE SUIS LE GARANT DE L'ORDRE PUBLIC DANS CETTE VILLE !
J'EN SUIS LE "GARDIEN" !
TU N'ES RIEN DE PLUS QU'UN TARÉ QUI JOUE AU BOURREAU...
UN CRIMINEL TOUT CE QU'IL Y A DE PLUS ORDINAIRE !
...
JE PERDS MON TEMPS À PARLER AVEC UN TYPE COMME TOI...
ALLEZ, CRÈVE...
POURRITURE DE JACKAL !
DÉSOLÉ...

MAIS TU TE TROUVES...
À PORTÉE DE MON ALLIGATOR...
HEIN ?
À CETTE DISTANCE ?
TU AS PERDU LA TÊTE ?!
GWAASH
CLAC...

CRAAAAATCH
ゴ゛

JE N'AURAIS JAMAIS IMAGINÉ...
QUOI ?!
QUE TU T'EN SERVIRAIS DE CETTE MANIÈRE...
ZWIP

ドチャ
BADABOUM
ザッ
PSCHIIT
À PARTIR DE CE SOIR, TU POURRAS JOUER AU "GARDIEN" EN ENFER...

HMM...
TIENS...
MAIS...
OÙ SUIS-JE ?
MON DIEU !
C'EST CE POLICIER...
BAF
QUI LES A TUÉS !
VITE !
IL FAUT QUE J'AVERTISSE...
QUELQU'UN...

QU'EST-CE QUE TU RACONTES, NICHOL ?!
TU AS VRAIMENT LAISSÉ SHERYL LÀ-BAS DANS CET ÉTAT ?
OUAIS...
JE N'AVAIS PAS D'AUTRE SOLUTION.
ÇA AURAIT FAIT BIZARRE DE LA RAMENER ICI...
ET ÇA M'AURAIT GÊNÉ SI ELLE S'ÉTAIT RÉVEILLÉE EN CHEMIN...
OUI, MAIS...
À SON RÉVEIL...
ELLE VA SE RETROUVER FACE À UN CADAVRE COUPÉ EN DEUX...
BLADE
IL Y A DE QUOI PÉTER UN PLOMB, NON ?!
NE T'IN-QUIÈTE PAS...
CETTE FILLE EST PLUS FORTE QU'ELLE N'EN A L'AIR.
AH OUI ?
C'EST L'ÉPOUSE IDÉALE, QUOI !
JE NE VAIS PAS L'ÉPOUSER, JE TE DIS !

L'ALLIGATOR…
UN REPTILE GÉANT QUI VIT DANS LES RÉGIONS MARÉCAGEUSES DE L'AMÉRIQUE DU SUD.
Kill-4
C'EST UN ANIMAL D'UNE TAILLE EXCEPTIONNELLE ET D'UNE RARE CRUAUTÉ.
GRÂCE À LA PUISSANCE DE SA MÂCHOIRE, ON RACONTE QU'IL DÉVORE AUSSI BIEN LES BOVINS, LES CHEVAUX ET LES HUMAINS, QUE SES PROPRES CONGÉNÈRES…
APRÈS LES AVOIR DÉCHIQUETÉS EN MILLE MORCEAUX.
À CICERO CITY, LA CITÉ DU CRIME…
CE NOM DE REPTILE ÉTAIT ÉTROITEMENT ASSOCIÉ…

Kill-4 : Requiem 1
À UN
JACKAL…

CICERO CITY
HÔTEL DE VILLE
J'AIMERAIS QUE TU M'EXPLIQUES...
DÉCOUVERTE DE PLUSIEURS CADAVRES DÉCHIQUETÉS DANS UNE SOCIÉTÉ DE COMMERCE CHINOISE.
a lot of dismembered bodie
in a Chinese trading firm
Scene of the tragedy
criminal is a crocodilian!?
UN CROCODILE TUEUR SERAIT-IL RESPONSABLE DE CETTE TRAGÉDIE ?!
CE QUE FOUTAIT LE CADAVRE D'ABRAHAM SUR LES LIEUX ?
BAM
in a Chinese trading firm
Scene of the tragedy
The criminal is a crocodilian!?
HEUREU-SEMENT QUE J'AI VITE ÉTOUFFÉ L'AFFAIRE...
EN M'ARRAN-GEANT SANS DÉLAI AVEC LA POLICE...
QUE SE SERAIT-IL PASSÉ SI TENNOUREN AVAIT DÉCOU-VERT NOTRE IMPLICA-TION ?!
RÉPONDS, ISAAC !

VEUILLEZ ACCEPTER MES EXCUSES...
DON SALIERI !
embered bodies

JE N'AURAIS JAMAIS PENSÉ...
QUE GREEN EYES S'INCLINERAIT DEVANT UN JACKAL...
APPELLE-MOI "MONSIEUR LE MAIRE" !!
TU NE PEUX M'APPELER "DON SALIERI"...
QUE QUAND JE PORTE ÇA !
COMME TU LE SAIS DÉJÀ...
DEUX GANGS S'AFFRONTENT POUR LE CONTRÔLE DE CETTE VILLE...
NOUS, GABRIELLA, NOUS CONTRÔLONS LA PARTIE NORD...
QUANT À LA PARTIE SUD...

ELLE EST CONTRÔLÉE PAR TEN-NOUREN...
LA MAFIA CHINOISE SPÉCIA-LISÉE DANS LE PROXÉNÉTISME ET DANS LE TRAFIC D'ALCOOL ET DE DROGUE.
DEPUIS L'ARRIVÉE D'UN NOUVEAU PARRAIN À LEUR TÊTE IL Y A QUELQUES ANNÉES, CES ENFOIRÉS NE CESSENT D'ÉTENDRE LEUR INFLUENCE...
ET MAINTENANT, ILS OSENT ÉTENDRE LEURS TENTACULES VERS FRIEDLICH TOWN...
NORTH AREA
SEA
FRIEDLICH TOWN
CICERO CITY
CHINA TOWN
SOUTH AREA
LA SEULE ZONE NEUTRE QUI N'APPAR-TIENNE À AUCUN DES DEUX GANGS !
NOUS LES ÉCRASERONS UN JOUR...
MAIS...
LE MOMENT N'EST PAS ENCORE VENU !
POUR L'INSTANT, ON UTILISE LES JACKALS POUR RÉDUIRE LEUR INFLUENCE ET LES AFFAIBLIR PETIT À PETIT !
IL NE FAUT PAS QUE TENNOUREN FLAIRE NOS MANŒU-VRES !
SURTOUT, NE LEUR DONNONS PAS DE PRÉTEXTE POUR DÉ-CLENCHER UNE GUERRE OUVERTE !
COM-PRIS ?

...
JE VIENS DE PERDRE UN CAMARADE...
DONNEZ-MOI L'AUTORISATION DE LE VENGER.
TU CROIS ÊTRE EN SITUATION DE SOLLICITER UNE CHOSE PAREILLE...
APRÈS AVOIR LAISSÉ TRAÎNER LA PREUVE DE TA BÉVUE AU VU ET AU SU DE TOUS ?!
JE VEUX LEUR MONTRER CE QU'IL EN COÛTE DE S'OPPOSER À NOUS.
ALORS DONNEZ-MOI LA PERMISSION...
...
C'EST ACCORDÉ.
MONTRE-LEUR LA PUISSANCE DE GABRIELLA !

COMPTEZ SUR MOI...
DON SALIERI !
FRIEDLICH TOWN
BAR "LAST RESORT"
Last Resort
COMMENT VONT LES AFFAIRES, LÉO ?
ELLES SONT FLORISSANTES !
ENFIN... PAS LE BAR, MAIS L'AUTRE BUSINESS...
J'AI L'IMPRESSION D'ENTRETENIR...
TOUS LES JACKALS DE LA VILLE !
BAM
MA FOI, C'EST UN PEU LA VÉRITÉ, NON ?
À PROPOS, FOX...

J'AI LU LE JOURNAL...
IL PARAÎT QUE TU ÉLÈVES UN CROCODILE GÉANT !
OUAIS...
ON PEUT DIRE ÇA...
SI ! UNE DEMANDE DE "CHASSE À L'HOMME" DE LA PART DE TENNOU-REN !
CE GLOUTON RÉCLAME RÉGULIÈRE-MENT DES PROIES...
TU N'AURAIS PAS DE BOULOT POUR LUI ?
UNE CHASSE À L'HOM-ME ?
SON NOM EST KÔRO-ZEN...
ALIAS, LE "MONSTRE KÔ" !

C'EST LA VEDETTE PRINCIPALE DES COMBATS CLANDESTINS QUI ONT LIEU DANS LE QUARTIER CHINOIS.
C'EST VRAI QU'EN GÉNÉRAL, LES LUTTEURS PROFESSIONNELS AIMENT S'AFFUBLER DE NOMS IMPRES-SIONNANTS...
MAIS DANS LE CAS DE KÔ, ON PEUT DIRE QU'IL MÉRITE VRAIMENT SON NOM DE MONSTRE !
ON RA-CONTE QUE LORS D'UNE RIXE DANS UN BAR...
QUELQU'UN A ESSAYÉ DE LE POIGNAR-DER AVEC UNE MA-CHETTE...
MAIS SES MUSCLES ÉTAIENT TELLEMENT DURS...
QUE LA LAME N'A MÊME PAS PU Y PÉNÉTRER !

EN TOUT CAS, L'ALCOOL AIDANT, IL N'A PAS MAÎTRISÉ SA FORCE...
ET IL A CARRÉMENT TORDU LE COU DE SON ADVERSAIRE !
MAIS MANQUE DE BOL, IL SE TROUVE QUE CE COU APPARTENAIT À UN MEMBRE...
DE L'ÉTAT-MAJOR DE TENNOUREN !
SACRÉE BESTIOLE, EN EFFET...
ET ON PEUT LE TROUVER OÙ ?
DANS LE "MOTEL 5", NORTH STATE STREET.
MAIS IL FAUT FAIRE VITE, OU VOUS ALLEZ VOUS FAIRE DOUBLER...
PAR UN AUTRE JACKAL QUI A DÉJÀ ACCEPTÉ CE BOULOT !

TU M'AS TROUVÉ DU BOULOT ?
OUAIP.
BIEN...
ALORS ALLONS-Y !
...
DIS DONC !
QU'EST-CE QUE TU AS FAIT DE MON CARPACCIO ?!
J'AVAIS FAIM.
DÉPÊCHONS-NOUS !
ATTENDS, NICHOL !
J'AI LE VENTRE VIDE !
LA FERME !
TU BOUFFERAS PLUS TARD...
BLAM
PETIT-FILS INDIGNE !
JE NE BOUGERAI PAS D'ICI TANT QUE JE N'AURAI PAS MANGÉ !
ÇA VA, J'AI COMPRIS...
DONNE-MOI L'ADRESSE, J'IRAI SEUL !

TU OSES ME DIRE QUE TU N'AS PAS BESOIN DE MOI ?!
ÇA FASAIT UN BAIL...
LÉO, "L'INTERMÉDIAIRE" !
HMM...
QUE ME VAUT LA PRÉSENCE...
D'ISAAC LE TÉNÉBREUX, GÉNÉRAL DE GABRIELLA ?
JE CHERCHE DES INFORMATIONS...
SUR LE JACKAL QUI A TUÉ GREEN EYES.
NE VOUS MÉPRENEZ PAS SUR MON COMPTE...
JE SUIS UNE SORTE DE PATRON POUR LES JACKALS...
JE DOIS RESPECTER UNE CERTAINE CONFIDENTIALITÉ...
JE NE BALANCERAI PAS MES CAMARADES AUSSI FACILEMENT...

LE LIEU OÙ NOTRE HOMME SE REND EN CE MOMENT MÊME !
MAIS JE PEUX BIEN VOUS DONNER...
BAM
NORTH STATE STREET
MOTEL 5
MOTEL 5
IL M'A VRAIMENT LAISSÉ TOMBER POUR ALLER BOUFFER !
SACRÉ PAPY...

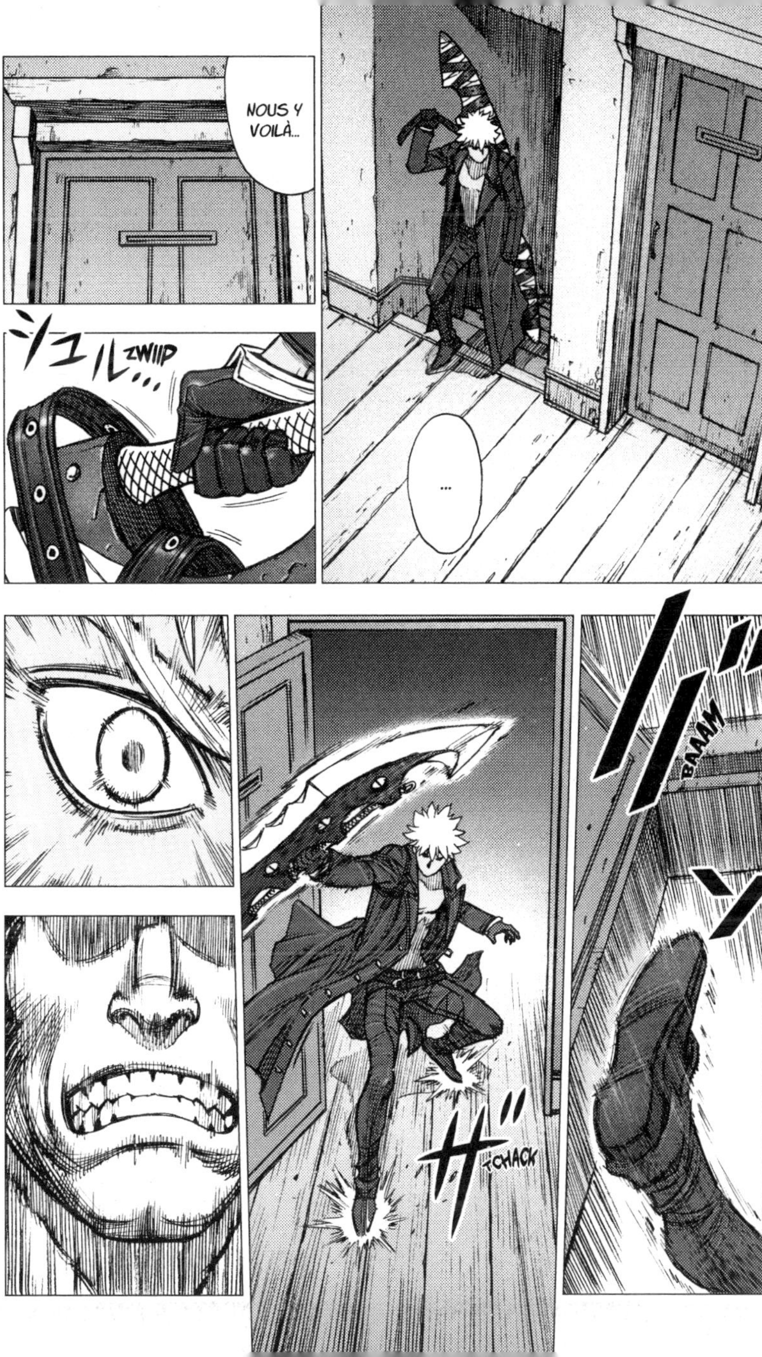
...
NOUS Y VOILÀ...
シュル
ZWIIP...
ドン
BAAAM
ザッ
TCHACK

SALUT...
...
C'EST LUI, "KÔ" ?
TU ARRIVES TROP TARD !
EXACT.
...
BIEN...
DÉSOLÉ DE T'AVOIR DÉRANGÉ.
ATTENDS UN PEU !
C'EST SÛREMENT LE DESTIN QUI NOUS A RÉUNIS ICI...
FAISONS PLUS AMPLE CONNAIS-SANCE !
NON MERCI. UNE AUTRE FOIS, PEUT-ÊTRE...

...
OH...
TU AS RÉUSSI À ESQUIVER ...
CRAATCH
CRAATCH
COMMENT M'AS-TU VU VENIR ?
TSS...
C'EST UNE BLAGUE ?

N'IMPORTE QUEL CRÉTIN T'AURAIT VU ARRIVER...
TON ARME EST TELLEMENT ÉNORME QU'ELLE A ÉCLIPSÉ LA LUNE !
HÉ...
TU DOIS LA VIE AU CLAIR DE LUNE, ALORS...
...
ENFOIRÉ...
BIIING
BIIING
QUI ES-TU...
AU JUSTE ?
UN JACKAL...
TOUT COMME TOI...

ガキ
GWAAASH
POUR-
QUOI UN
JACKAL...
ザ
ZWIIP
S'ATTA-
QUE-T-IL
À MOI ?
QUI T'A
ENGAGÉ ?
QUI
SAIT...
ESSAIE
DE ME FAIRE
PARLER DE
FORCE !
TSS...

TU ES SÛR ?
JE TE PRÉVIENS QUE TU VAS Y LAISSER LA VIE...
TU VEUX DIRE...
QUE TU VAS ME FAIRE LA MÊME CHOSE QU'À GREEN EYES ?
MÊME SI CETTE ARME...
T'A PERMIS DE LE BATTRE...

ELLE NE TE SERA D'AUCUN SECOURS...
FACE À MON "REQUIEM" !
UN TUEUR À GAGES...
À LA SOLDE DE GABRIELLA ?!

AUCUNE LAME N'AVAIT JAMAIS RÉUSSI À TRANSPERCER LES MUSCLES DU MONSTRE KÔ...
ET VOILÀ QUE JE ME RETROUVE À PRÉSENT...
FACE À L'ARME...
QUI A DÉCAPITÉ CE MONSTRE !
Kill-5 : Requiem 2

CE TYPE EST SÛREMENT...
UN TUEUR À GAGES À LA SOLDE DE GABRIELLA...
CE SALAUD A ASSASSINÉ MA PROIE...
PUIS IL M'A TENDU UNE EMBUSCADE...
BON, QU'EST-CE QUE JE FAIS ?

IL MANIPULE AVEC UNE FACILITÉ DÉCONCER-TANTE...
UNE ARME ASSEZ ÉNORME ET LOURDE POUR DÉCAPITER UN GÉANT D'UN SEUL COUP...
À PREMIÈRE VUE, IL A L'AIR ASSEZ IMPRUDENT...
MAIS C'EST PEUT-ÊTRE SA FAÇON DE ME PROVO-QUER.
OU ALORS...
VSH

BOUUUM
?!
TCHACK

BAOUM
GH...
EVIIIT
C'EST BIENTÔT...
LA FIN !

BAAANG
?!
ガガ
ガガ
ガ
GWAAASH
GH...

QU...
QUELLE PUISSANCE !
VSSH
BIIING

ド
BAAM
ド
BAAM
ガ
BAAM
...
C'EST FOU CE QU'ON S'AMUSE...
...

ゴッ
GWAAAASH

ド
ガ
BAOUUUM

ガガ
CRATCH
ガガ
CRATCH
ガガガ
CRATCH
CRATCH
ズド
BOOONG
ズド
BOOONG
ガッ
TAP

FUIIIT
VRRT
PRENDS ÇA !!
CRÈVE !!

BOOONG
BAOUUM
MON ALLIGATOR...
MON REQUIEM...

IL ME L'A ARRACHÉ DES MAINS !
GRAAATCH
CATCH
TAP

ZWIIIP
WROOO
DIS-MOI...
QUEL EST TON NOM ?
...
"ALLIGATOR" NICHOL !

MOI, C'EST FOA...
FOA "REQUIEM" !
TON ARME S'APPELLE "ALLIGATOR", ALORS...
C'EST UN SACRÉ INSTRUMENT !
LE TIEN AUSSI...
BIEN, BIEN !
LA SÉANCE D'ÉCHAUFFEMENT EST TERMINÉE...
PASSONS AUX CHOSES SÉRIEUSES !
ARRÊTE DE PIAILLER ET APPROCHE, DAS CE CAS...

VRRRT
POF

HEIN ?
UNE FLEUR ?!
MERDE...
TAP
?!
CATCH
EH ?!
GZZZ
GZZZ
GZZZ

ドン
BAAANG

SCHWOO
MERDE ALORS...
ÇA FAIT UN MAL DE CHIEN...
MAIS...
QU'EST-CE QUI S'EST PASSÉ ?!
UNE BOMBE.
QUELQU'UN L'A BALANCÉE DE L'EXTÉ-RIEUR !
TIENS...
ON DIRAIT QU'ILS SONT DEUX.

LEQUEL DE VOUS DEUX...
A TUÉ GREEN EYES ?

LEQUEL DE VOUS DEUX...
A TUÉ GREEN EYES ?
Kill-6 : Le géant et le dynamiteur 1

MOI, C'EST HANS DE GABRIELLA...
LUI, C'EST GAZZO !
COMMENT ÇA, GABRIELLA ?!
DANS CE CAS...
POURQUOI CE TYPE S'EST-IL ATTAQUÉ À MOI ?!
DIS DONC...
POURQUOI TU M'AS AIDÉ TOUT À L'HEURE ?

TU TE TROUVAIS SUR MA TRAJECTOIRE, C'EST TOUT...
DANS CE CAS, TU N'AVAIS QU'À SAUTER À CÔTÉ, ESPÈCE D'IDIOT !
...
HEIN ?
ENFOIRÉ...
TU CROIS PEUT-ÊTRE QUE JE N'AVAIS PAS REMARQUÉ L'ODEUR DE LA POUDRE ?!
J'EN SAIS RIEN, MOI...
ÇA S'EST PASSÉ TELLEMENT RAPIDEMENT... MON CORPS A RÉAGI INSTINCTI-VEMENT, RIEN DE PLUS !
BAH, NON... POURQUOI TU SERAIS RESTÉ PLANTÉ LÀ COMME UN ABRUTI, SINON ?
C'ÉTAIT POUR TE TESTER !
SALE MEN-TEUR !
EH OH !
ARRÊTEZ DE M'IGNO-RER !

BANDE DE JACKALS INSOLENTS...
JE RÉPÈTE POUR LA DERNIÈRE FOIS...
QUI DE VOUS DEUX...
A TUÉ GREEN EYES ?!
C'EST MOI !
TADAAAM
HEIN ?!
COMMENT ÇA, C'EST TOI ?!
T'AS PERDU LA TÊTE, OU QUOI ?!
TA GUEULE.
QUAND ON ME CHERCHE, ON ME TROUVE TOUJOURS !
ET PUIS...
J'AI POUR PRINCIPE DE NE PAS AVOIR DE DETTE ENVERS QUICONQUE !

CES DEUX-LÀ, JE VAIS LES BUTER EN DEUX TEMPS TROIS MOU-VEMENTS...
TOI, LE BLESSÉ, RESTE EN DEHORS DE LA MÊLÉE.
TSS...
TU ES PLUTÔT MARRANT POUR UNE ORDURE DE JACKAL...
MAIS TU VAS LE RE-GRETTER...
S'OPPOSER À GABRIELLA, C'EST SIGNER SON ARRÊT DE MORT !
JE PRÉFÈRE TE PRÉ-VENIR...
PERSONNE NE VIENDRA TE PRÊTER MAIN-FORTE !

ON A DÉJÀ LIQUIDÉ...
TOUS CEUX QUI SE TROUVAIENT DANS CE BÂTIMENT !
?!
CES TYPES SONT...
TOUT ÇA POUR...
VENGER UN DE LEUR HOMMES ?!
COMPLÈ-TEMENT MALADES...
NE PERDONS PAS DE TEMPS...

LIQUIDONS LES DEUX JACKALS.
ON EXPLIQUERA À ISAAC...
QUE C'EST EN FAIT UN DUO QUI A EU RAISON DE GREEN EYES...
TAP
EH !
GROS LARD !
VRRT
UN PAS DE PLUS...
ET JE TE DÉCAPITE !
VAS-Y, ESSAIE...
TAP

ガ
キ
BIIIING

?!
IL...
IL A PARÉ LE COUP...
GWAASH
D'UNE SEULE MAIN ?!

YAAH !
GWOOOH

!!
GWAH !
BOUAH

!!
ドガッ
VSHHT
...
ドッ
BAOUM
GH...

BOONG
IL A BALANCÉ ENSEMBLE...
L'AUTRE TYPE ET SON SABRE GÉANT !
EST-CE QUE C'EST VRAIMENT...
UN ÊTRE HUMAIN ?!
VOUS AVEZ L'AIR SURPRIS...

PERSONNE NE FAIT LE POIDS FACE À GAZZO, LE GÉANT…
QUAND IL S'AGIT DE FORCE BRUTE !
TSS…
UN TAS DE MUSCLES, HEIN…
TOUT À L'HEURE, J'AI BUTÉ…
UN MEC DU MÊME GENRE !
LÀ, J'AVOUE QUE TU M'AS PRIS AU DÉ-POURVU…
MAIS JE TE PRÉVIENS QUE LA FORCE NE SUFFIT PAS POUR VAINCRE REQUIEM !
SI TU LE DIS…
CATCH
ガッ

ZWIP
グ
グ
CRAAAC
グ
グ
ZWIP
ZWIP
ZWIP
C'EST...
C'EST UNE BLAGUE ?!
CRAAAC
ガゴ

...
EST-CE QUE TU CROIS QUE LE MONSTRE KÔ QUE TU AS ABATTU TOUT À L'HEURE...
TOUT ÇA, C'EST JUSTE DE L'ESBROUFE !!
AURAIT ÉTÉ CAPABLE DE FAIRE ÇA ?

GWAAAH !!
BOUM
BADABOUM
OUPS...
BAAANG

...
HA HA
HA HA
HA !
TOUT
ÇA POUR
ÇA !
HA HA
HA HA
HA !

BAOUM
TAP

GZZZ...
BAANG
GH...
TU M'AS DÉJÀ OUBLIÉ ?

TON ADVERSAIRE, C'EST MOI...
HANS, LE DYNAMITEUR !
ALLEZ...
CLAC
QUE LE SPECTACLE COMMENCE !

Kill-7
QUE LE SPECTACLE COMMENCE !
CLAC

Kill-7 : Le géant et le dynamiteur 2

FUIIIT
GZZZ
MAIS C'EST...
BAM

EVIIT
BADABOUM
BAAANG

QUELLE PUISSANCE DESTRUC-TRICE...
IL A BOURRÉ UNE DOUILLE VIDE DE NITRO-GLYCÉRINE !
C'EST SUFFI-SAMMENT PETIT...
POUR QUE LE TOUT SOIT DISSIMULÉ DANS UNE FLEUR !
CLAC
VOICI MES ARMES...
LES "FLEURS EXPLOSI-VES" !
GWAAASH

...
JE NE LE VOIS PAS...
OÙ EST-IL PASSÉ ?!
L'EXPLOSIF DE TOUT À L'HEURE...
CONTENAIT UNE INFIME QUANTITÉ D'UNE SUBSTANCE EXTRAITE DU PAVOT...
AUTREMENT DIT, DE L'OPIUM !
SI UNE PERSONNE NON HABITUÉE RESPIRE SA FUMÉE PAR INADVERTANCE...
SES SENS SONT ASSOUPIS !

...
GZZZ
GZZZ
TSS...
PAF
GH...
BAAANG
BAM

TU ES
CUIT !
BRAOUUUM

PFF...
IMPOSSIBLE DE SOUFFLER UNE MINUTE...
JE M'OCCUPE DE CE GROS LARD !
D...
DANSEUSE ?!
CLAC
TU SERAS LE PREMIER À MOURIR !!
ALORS DÉBROUILLE-TOI AVEC L'AUTRE DANSEUSE !
FUIIIT

ZWIIIIP
VRRT
?!
N'OUBLIE PAS...
QUE C'EST MOI...
TON ADVER-SAIRE !
IL S'EST PLANTÉ UN COUTEAU DANS LA JAMBE POUR QUE LA DOULEUR LUI PERMETTE D'ÉCHAPPER À L'EFFET SÉDATIF DE L'OPIUM...
TSS...
SI TU UTI-LISES TES "FLEURS EX-PLOSIVES" À CETTE DISTANCE...
TU N'ÉCHAP-PERAS PAS À LA DÉTO-NATION, TOI NON PLUS !

ÇA SERA UN VRAI JEU D'ENFANT...
DE TE BUTER !
ガ
BIIING
キ
...
JE VAIS TE FAIRE ÉCOUTER...

LA MÉLODIE...
DE MON REQUIEM !
...

BAM
QU...
QUELLE RAPIDITÉ !!

ガ
FUIIIT
ガ
FUIIIT
ガ
FUIIIT
ガ
FUIIIT
ガ
ET EN PLUS...
IL ENCHAÎNE SANS MARQUER LA MOINDRE PAUSE !

CRAAATCH
EUIIIT
EUIIIT
GRR
GWAASH
QUAND EST-CE QUE ÇA VA S'ARRÊTER ?!

SLAAASH
DES COUPS VIOLENTS...
ET RAPIDES...
ASSENÉS À UN RYTHME AUSSI EFFRÉNÉ...
C'EST UNE VÉRITABLE RAFALE DE COUPS SANS INTERRUP-TION...
FIOUUUUH

J'ESPÈRE QUE TU AS APPRÉCIÉ...
MON REQUIEM...
JE T'AI JUSTE INTERPRÉTÉ L'OUVERTURE...
MAIS MAINTENANT JE VAIS L'EXÉCUTER JUSQU'AU DERNIER MOUVEMENT D'UNE SEULE TRAITE !
J'AI HÂTE DE VOIR ÇA...

L'EN-FOIRÉ...
IL N'A PAS L'AIR DE SOUFFRIR...
ALORS QUE MOI, JE TIENS À PEINE DEBOUT !
TOUT À L'HEURE, JE N'AI RÉUSSI QUE DE JUSTESSE À M'ARRACHER À SES GRIFFES...
CE COUP-LÀ A FAILLI M'ÊTRE FATAL...
J'AI 2 OU 3 CÔTES BRISÉES...
JE NE POURRAI RÉITÉRER MON REQUIEM QU'UNE SEULE FOIS !
JE N'AI PAS BESOIN DE ÇA...
POUR LIQUIDER UN TYPE COMME TOI...
CRATCH

JE METTRAI UN TERME À TON MÉDIOCRE RÉCITAL...
GWAASH
DOONG
DE MES PROPRES MAINS !
QU'EST-CE QUE TU AT-TENDS ?!
APPRO-CHE !!
BAOÛM

HAN
HAN
...
TU PENSES VRAIMENT...
POUVOIR NEUTRALISER MES FLEURS EXPLOSIVES AVEC ÇA ?
TU FERAIS MIEUX DE NE PAS SOUS-ESTIMER...
CLAC
LE PROFESSIONNEL QUE JE SUIS...

Kill-8 : Le géant et le dynamiteur 3

ガガガガ
BAAAANG

!
VIIIT
CETTE RAFALE DE COUPS EST COMME UNE MÉLODIE…
DONT LE RYTHME RESTE SOUTENU D'UN BOUT À L'AUTRE !
JE N'AURAIS PAS IMAGINÉ CROISER…
UN INDIVIDU DE CE CALIBRE PARMI LES JACKALS…
CEPENDANT…

UN TEL ENCHAÎNEMENT...
NE PEUT PAS DURER INDÉFINIMENT...
DÈS QU'IL PRENDRA UNE SECONDE POUR SOUFFLER...
JE SAISIRAI L'OCCASION POUR FONDRE SUR LUI !
EN ATTENDANT...
JE VAIS DEVOIR TENIR !
COMBIEN DE TEMPS ENCORE...
JE VAIS POUVOIR RÉSISTER...

À SES ASSAUTS ?
TU PENSAIS QUE JE NE POURRAIS PAS UTILISER MES FLEURS EXPLOSIVES À CETTE DISTANCE ?
MALHEUREU-SEMENT POUR TOI, J'AI UNE ALTERNATIVE !
POUR LE COMBAT RAPPROCHÉ, J'UTILISE DES DOUILLES DE 9 MM...
POUR CON-FECTIONNER DES GRENADES MINIATURES !
COMME LA DÉFLA-GRATION CAUSÉE N'EST PAS TRÈS IMPOR-TANTE...
UNE SEULE GRENADE NE PROVOQUE PAS DE BLESSURE MORTELLE...
MAIS...

NEUF GRENADES D'AFFILÉE...
DEVRAIENT FAIRE L'AFFAIRE !
GZZZ
C'EST FINI POUR TOI !
GH...
EUIIIT

ド
BAANG
ド
BAANG
ド
BAANG
ド
ド
BAANG
ド
BAANG
ド

ガ
BONG
ガ
ガ
BONG
ガ
ガ
BONG
ガ
BONG
ガ
GWAAASH
ガ
C'EST BIENTÔT LE MOMENT...

QUAND IL AURA ÉPUISÉ...
TOUTES SES RÉSERVES D'OXYGÈNE...
ÇA SERA LA FIN !

BAAANG

CRAATCH
CRAATCH
BAOUM
ZWOOO
GH...

VRRT

ヒュウウ
FIOUH
ウウウウ
FIOUH
カッ
ZWIIP
ッ

IL S'EST
SERVI...
DE LA
FORCE DE
MON COUP
?!
SLAAASH

GH...
B...
TCHAAACK
BLURP...
BADABOUM

GH...
VU SON ÉTAT, JAMAIS JE N'AURAIS IMAGINÉ...
QU'IL PRENDRAIT LE RISQUE DE SE DÉCOUVRIR AU PÉRIL DE SA VIE...
QU...
QUEL TARÉ !
POUR TIRER SUR SA CHAÎNE...
ET M'ENTRAÎNER MOI AUSSI DANS LA DÉFLA-GRATION...
QUEL CHIEN ENRAGÉ !
MAIS IL DOIT ÊTRE DANS UN PLUS SALE ÉTAT QUE MOI...
BOUM

QUOI ?!
C... COMMENT...
TU ARRIVES ENCORE À TENIR DEBOUT...
APRÈS CES EXPLOSIONS ?!
TON COPAIN GREEN EYES...
CRAATCH
A COMMIS LA MÊME GROSSIÈRE ERREUR QUE TOI !

LES JACKALS NE SONT RIEN D'AUTRE QUE LES SURVIVANTS...
D'UNE VIE DE CARNAGES QUOTIDIENS !
CONTRAIREMENT À VOUS, QUI APPARTENEZ À DES GANGS, ET QUI PASSEZ VOTRE TEMPS À REFILER LE SALE BOULOT AUX AUTRES...
PLOF
ON N'EST PAS DU GENRE À CREVER...
POUR QUELQUES BILLES DE PLOMB...
DE LA TAILLE D'UN PETIT POIS !

ALORS C'EST TOI...
QUI AS TUÉ GREEN EYES ?!
C'EST VOUS DEUX QUI AVEZ ESSAYÉ DE ME FAIRE LA PEAU...
ALORS J'ESPÈRE QUE TU NE VAS PAS COMMENCER À PLEURER...
SUR TON SORT !!
BAOUM
NOON !!

DOOOM
AAAH !!
GA...
GAZZO !!
HANS...
SAUVE-TOI !

RETOURNE AUPRÈS D'ISAAC...
ET DIS-LUI...
?!
QUE GAZZO LE GÉANT...
S'EST SACRIFIÉ POUR VENGER UN CAMARADE...
ET POUR L'HONNEUR DE GABRIELLA !
?!

ジュウウウウウ
GZZZ
!!
TOI AUSSI, GAMIN, TU SERAS DU VOYAGE...
GREEN EYES NOUS ATTEND EN ENFER...
Jackals 1 fin

JACKALS

ジャッカル

Présentation des personnages

Nichol D. Heyward

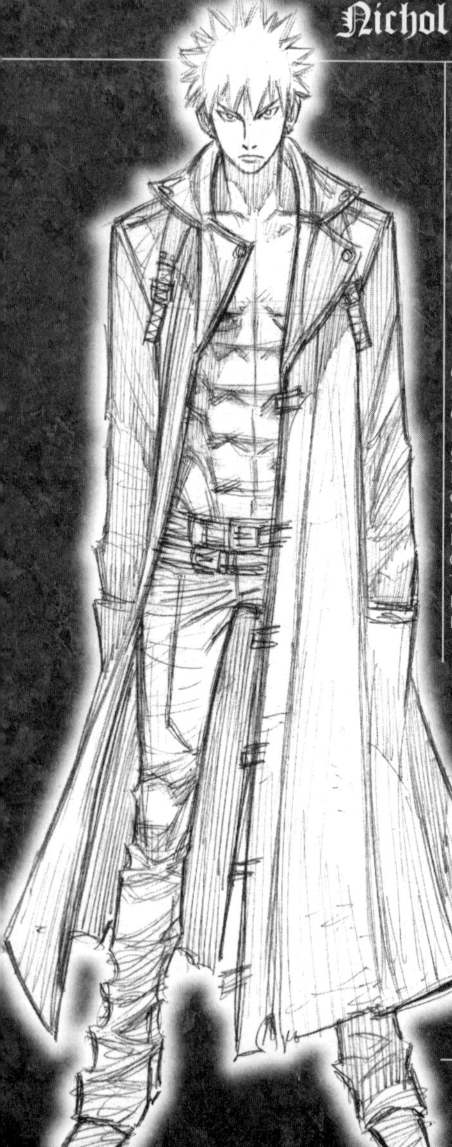

ÂGE : 20 ANS
TAILLE : 1,80 M
POIDS : 85 KG
NOM DE CODE :
ALLIGATOR NICHOL
ARME : ALLIGATOR
PASSE-TEMPS : ENTRAÎNEMENT
PROFESSION : EMPLOYÉ DE
LA BOUTIQUE "BLADE HOUSE"
(ACTIVITÉ DE COUVERTURE)

C'EST UN JACKAL QUI AIME LA LIBERTÉ PLUS QUE L'ARGENT OU LA RENOMMÉE.
IL TIENT PAR-DESSUS TOUT À SON STATUT DE FREE-LANCE.
EN RÉALITÉ, C'EST UN TIMIDE QUI RECHIGNE À MONTRER SES SENTIMENTS ET FEINT L'INDIFFÉRENCE, MAIS IL EST CAPABLE DE DÉPLOYER DES TRÉSORS D'ÉNERGIE QUAND IL S'AGIT DE DÉFENDRE SES PRINCIPES.

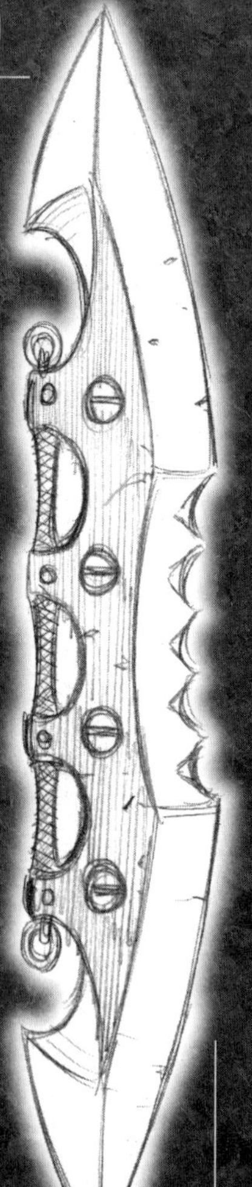

Alligator

ARME MEURTRIÈRE ET MULTIFONCTIONNELLE.
SON NOM VIENT DU SPECTACLE HORRIBLE DES CADAVRES DE SES VICTIMES QUI SEMBLENT AVOIR ÉTÉ DÉCHIQUETÉES PAR UN ALLIGATOR.
PLUSIEURS MODES D'UTILISATION S'OFFRENT À L'UTILISATEUR SELON SES CAPACITÉS ET SON INVENTIVITÉ : TAILLADER, FRAPPER OU LA LANCER.
ELLE PEUT MÊME SERVIR DE BOUCLIER.

Foa

ÂGE : 20 ANS
TAILLE : 1.82 M
POIDS : 80 KG
NOM DE CODE : FOA REQUIEM
ARME : REQUIEM
PASSE-TEMPS : L'ALCOOL

C'EST UN JACKAL QUI SE PLAÎT DANS L'ACTION, ET QUI TENDANCE À SE MONTRER IMPULSIF. TRÈS ATTACHÉ À S LIBERTÉ, IL DÉTESTE APPARTENIR À UNE ORGANISATIO OU DÉPENDRE DE QUELQU'UN. SA CONDUITE LÉGÈR L'AMÈNE PARFOIS À SE MÊLER DE CE QU NE LE REGARDE PAS, CE QUI LUI ATTIR SOUVENT DE GROS ENNUIS.

Requiem

ÉNORME ÉPÉE ARBORANT UNE GRAVURE EN FORME DE CROIX.
ELLE EST CAPABLE DE RÉSISTER À UNE UTILISATION INTENSIVE GRÂCE À SA SOLIDITÉ ET À SA MASSE. LORSQU'ELLE EST AUX MAINS D'UN UTILISATEUR EXPÉRIMENTÉ, ELLE PEUT DÉLIVRER UNE RAFALE DE COUPS ININTERROMPUS À UN RYTHME RÉGULIER ET FLUIDE.

Fox Heyward

ÂGE : 65 ANS
TAILLE : 1,70 M
POIDS : 60 KG
PASSE-TEMPS : ÉTUDE DE LA CULTURE ET DES ARTS MARTIAUX JAPONAIS
PROFESSION : GÉRANT DE LA BOUTIQUE "BLADE HOUSE" (ACTIVITÉ DE COUVERTURE)

C'EST UN ANCIEN JACKAL CONNU SOUS LE NOM DE "RENARD ARGENTÉ". METTANT À PROFIT SON EXPÉRIENCE DANS CE DOMAINE, IL GÈRE AUJOURD'HUI LA CARRIÈRE DE NICHOL. IL A L'AIR NONCHALANT, MAIS C'EST UN VIEUX RUSÉ.

Sheryl Carter

ÂGE : 18 ANS
TAILLE : 1,62 M
POIDS : 45 KG
PASSE-TEMPS : DANSE

ELLE HABITE PRÈS DE LA BOUTIQUE "BLADE HOUSE".
ELLE CONNAÎT NICHOL DEPUIS QUE CE DERNIER A EMMÉNAGÉ CHEZ FOX QUAND IL AVAIT 14 ANS. BIEN QU'ELLE AIT DEUX ANS DE MOINS QUE NICHOL, ELLE VEILLE UR LUI COMME UNE GRANDE SŒUR, CAR ELLE TROUVE QU'IL MANQUE DE MATURITÉ.

Gabriella

ORGANISATION MAFIEUSE DIRIGÉE
LES DIFFÉRENTES SECTIONS SPÉCIAL
CONSTITUENT LUI ONT PERMIS D'ÉT
MISE SUR LA SOCIÉTÉ ET L'ÉCONOMIE
DE LA VILLE. ELLE CONTRÔLE ACTUELL
MOITIÉ NORD DE CICERO CITY.

L'immortelle (alias "la sirène")

C'EST LA SECTION "HOMICIDE" DE GABRIELLA
DE 13 DES MEMBRES DE SON ÉTAT-MAJOR. C'ES
CONFÈRE DU PRESTIGE À GABRIELLA ET QUI ES
DE L'EXPANSION DE L'ORGANISATION.

Isaac Loremberg

ÂGE : 40 ANS
TAILLE : 1,90 M
POIDS : 90 KG
NOM DE CODE : ISAAC LE TÉNÉBREUX
PASSE-TEMPS : BILLARD

MEMBRE DE L'ÉTAT-MAJOR DE GABRIELLA.
IL EST LE CHEF DE LA SECTION HOMICIDE "L'IMMORTELLE", ET LE NUMÉRO DEUX DE GABRIELLA. C'EST UN HOMME LOYAL, QUI SERT FIDÈLEMENT DON SALIERI ENVERS QUI IL A UNE DETTE. C'EST UN HOMME DE DEVOIR ET DE PAROLE.

Martin Salier

ÂGE : 48 ANS
TAILLE : 1,75 M
POIDS : 120 KG
NOM DE CODE : DON SALIERI
PASSE-TEMPS : BOWLING, CIGARE
PROFESSION : MAIRE DE CICERO CITY

À L'ORIGINE, IL ÉTAIT MEMBRE DE L'ÉTAT-MAJOR D'UN GANG NOMMÉ "SOZÉ", MAIS LORSQUE CELUI-CI A ÉTÉ ANÉANTI, IL A CRÉÉ GABRIELLA. IL A RÉUSSI À INFILTRER LE MONDE POLITIQUE GRÂCE À SON RÉSEAU ET A FINI PAR SE FAIRE ÉLIRE MAIRE EN TRUQUANT LES ÉLECTIONS. PAR AMOUR DU POUVOIR, IL CONTINUE DE PRÉSIDER AUX DESTINÉES DE GABRIELLA, MÊME APRÈS SON ACCESSION AU FAUTEUIL DE MAIRE. SON INTENTION EST DE CONTRÔLER TOUTE LA VILLE DE CICERO CITY APRÈS AVOIR LIQUIDÉ LE GANG RIVAL, TENNOUREN.

...ntre à Seoul au cœur de l'hiver !!
FÉVRIER 2006. AFIN D'ORGANISER UNE RÉUNION DE TRAVAIL...
DITES-MOI...
QUEL GENRE DE PERSONNAGE EST KIM BYUNG JIN ?
IL PARAÎT QU'IL EST FLIPPANT.
SCÉNARISTE : SHINYA MURATA
RESPONSABLE ÉDITORIAL : TAKAYUKI KIUCHI
...UN ...ERT ...ARTS ...RTIAUX !
...ITO- ...N SOK
C'EST VRAI ?
JE VOUS PRÉSENTE...
MONSIEUR KIM BYUNG JIN !
C'EST...
C'EST VRAI QU'IL FAIT PEUR...
PAR DON SALIERI.
...SÉES QUI LA
...ENDRE SA MAIN-
...SOUTERRAINE
...EMENT LA
CONSTITUÉE
...T ELLE QUI
À L'ORIGINE

LES MOUVEMENTS DE NICHOL SUR LE STORY-BOARD DE MONSIEUR MURATA !
JE NE SAIS PAS TROP CE QUE J'AI VOULU FAIRE !
BAH EN FAIT, MOI NON PLUS...
IL...
JE... JE VOUS PROMETS QUE...
JE M'APPLIQUERAI LA PROCHAINE FOIS !
IL VA NOUS TUER !
무라타 씨는 말로 설명을 절하는 분이 마니라 큰딘같은
EN FAIT, MONSIEUR MURATA AIME BIEN LAISSER...
결과물로 자신을 보여주는 사람이니까 믿어도 될 겁니다
UNE TOTALE LIBERTÉ AU DESSINATEUR...
GRRR
BAM BAM
カタ カタ
LEE...
VOUS M'AVEZ SAUVÉ LA VIE...
SNIF
FIN
EN FAIT, KIM BYUNG JIN EST VRAIMENT QUELQU'UN DE SUPER SYMPA !

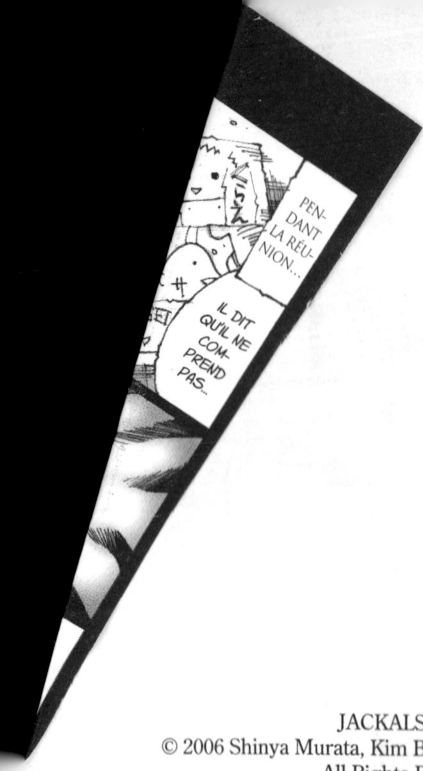

First published in Japan in 2006 by SQUARE ENIX CO., LTD.
French translation rights arranged with SQUARE ENIX CO., LTD.
and Ki-oon Limited through Tuttle-Mori Agency, Inc.

Édition française

Traduction :
Ryoko Akiyama

Adaptation graphique :
GB One

ISBN : 978-2-35592-028-8
Dépôt légal : août 2009
Imprimé en Belgique par Imprimerie Lannoo, Tielt